KB230955

金珖燮 詩選集

겨　울　날

창비

차   례

제Ⅲ부　『성북동 비둘기』에서

제 Ⅳ 부 『해바라기』『마음』 및 『憧憬』에서

Ⅰ．近作詩篇

『全集』以後

回　想

그 집이 생기면서
고향이 생겼다

아이들마다 잘 자라고
놀러오는 좋은 친구들이
그 집의 경력을 만들었다

굴뚝에서 타래 타래 올라가는 연기에
밥냄새가 풍겨서 달아가는 데서
그 집의 정이 두터워졌다

마을 어느 봉우리에서도
한가운데가 되는 점에다
작은 집을 큰 집으로 고쳐 세우면서

백년을 내다본
그분들은 다 가고

우리에게는 고향까지 없어졌다

어릿굿지만 나 차례가 와서
내가 할 말은 모두 그것이다

<1975년 7월 · 韓國文學>

누   님

애들만 먼저 태워
시퍼런 바다에 띄워놓고 보니
집이 간 데 없어 발길이 돌아서지 않았다

아침마다 남쪽에 절하신다더니
지성이면 감천이라
남북 적십자회담 때에는
안된다는데도
실오리에나마 희망을 붙이고
시간이 흐르기만 기다리시던
어머님은
어느 울타리에서나
누님이 불쑥 나올 것만 같아
저 울타리 안에는 누가 사는지
들여다볼 수 없을까

거지가 지나도

혹시나 해서
찬찬히 여겨 보신다던
그 어머니마저 돌아가셔서
누님 이야기는 아예 없어지고 말았다

어데선가에서 눈도 바로 못 감았으려니……

어머님하고 영혼끼리
고향집에라도 가서 만났으면
현몽이라도 있을 법한데……

해 방 30년

얼마만에
드디어 자유가 온 것을
해방이라 해서
천지의 사랑에
춤을 추었다

사방 산들도 다같이
하늘을 밀어 올려

높은 나라 깨끗이 서려니
시와 노래 무진하려니
영원하라 밤새 마신 술

묶였다가 풀려나
시간에 대어 왔건만
벌써 사상이란 놈이 들어와
싸움 싸우기 어언 30년

한 민족이 두 국민 되어
다시 먹게 된 설븐 나이
해방 서른 살

밤새 마신 술맛은
어디 가고……
로마 전국같은 난공사

잡 초 들

아 밝은 태양 맑은 물
바람 센 여의도 강뚝
말라서 흙이 갈라질세라
덮은 풀들이여
이름도 없는 잡초 처음엔 꽃인데
다시 한번 꽃이 되고파라

가물에 논밭처럼
바닥이 드러난 강
얕은 줄 모르고
더듬더듬 건너는
무거운 철 橋脚

현재에서 미래로
아파—트에 눌려
산도 가고 물도 갔다

花信 등진 저 아낙네들
지나간 고운 날을 삼키며
쑥을 캐는 눈시울이 따가워선가
가난이 얼굴 바닥에 탄다

번영의 폐수

번영이 버린 물

바다에 흘러 들어

고기 병신되어

벌레가 된 것을

어미가 물어다 먹인

새끼 제비가 죽은 것을 보고 놀라

갑자기 눈이 어두운 어미 제비도

전봇줄에 앉아 울다가

떨어져 죽었다

참새에게는 쌀을 주고

제비에겐 벌레를 준

하늘을 원망하여

바다는 고요했고

새는 곡했다

늦가을 강남 갈 제비도 없고

삼월 삼짇날 강남서 올 제비도 없으니

놀부 흥부는 제비 잘 사는 나라로

이민이나 가시지

〈1975년 봄·創作과批評〉

戀　歌

사랑하는 사람들아
내 말이 그렇게 역겨운가
나는 이렇게 자물쇠를
가득 달고 다닌다

팬도라의 상잘까봐
한 구멍도 열지 못하니
녹아서 본래 없던 것처럼
텅 속이 비어서
가을 벌레처럼 울려는 것도 아니오
물에 빠져　울려는 것도 아닌데
여보 그 고이 가꾼
잔디나 좀 빌려 주시구려
당신 만진 강아지나 데리구 놀다 가게……

오랫동안 독감에 걸려 코만 풀다가
겨우 쳐다보는 하늘

개똥불같은 별의 展示
쥬스나 한잔 더 주시구려
돌아가서 자게…… 시대에 코를 골면서……

<1975년 봄·創作과批評>

變　身

잡초라도 돼야

봄에 새싹이라도 돋지

귀뚜라미라도 돼야

가을의 외롬을 위로하는 친구가 되지

두견이라도 돼야

먼산 님의 넋이 진토 아님을 전하지

神마저 없다 마시라

빈 우주에 혼자는 못 서지

말똥벌레 이건 또 누군가

애들 발에 짓밟히지 않기 위해

살아서 사랑하는 법 自愛를 他愛로……

<1975년 8월 · 月刊中央>

꽃

갈라진 일도 오라가라 함도 없이
거기 섰다가
꿈처럼 가던 길 다시 돌아와
비인 자리에 고이 피네
만물 속에 홀로 웃는 미소
사랑의 증건가
옛 빛 새로 있음
꽃은 빛 꽃은 마음

꽃의 아름다움
마음의 아름다움
그렇다
떨어진들 어떠리
우리 사이엔 겨울에도 꽃이 있는 걸

老松에의 頌歌

——中央日報 10주년에 붙여

작은 씨앗이지만

큰 삶을 지녀서

바람에 날리지 않고

따스한 흙에 내려앉은

한 그루 뿌리깊은 소나무

모진 비 눈 바람 달게 받아

이토록 슬기로운 늙음

철갑을 두른 雄姿여

아이들이 타고 놀던 날

망국의 슬픈 세월

회상함인가

인간의 순간을 넘어

생의 神聖을 다한

忍苦靑靑

萬草木의 어른

태양을 온몸으로 삼키며

둥근 달 가지에 걸고
자던 밤
잊지 못할 꿈에선가 깨어난
축복된 탄생

우리에게 內在하여
기리 빛날 사명
세계와 사귀는
언론의 깃발
인류의 共感 億千의 가슴에
호소하는
正義의 筆鋒!

아 千年老松의 큰 꿈
저 꼭대기에서 돋는 새싹

참새 꾀꼬리 까치 와서
하늘을 웃기네
大地의 꿈
다시 시작되는가

敗　　戰

계속해서 방송은
자유월남의 패전을 보도한다
방이 다 축 늘어진다

자유의 패전이 아니고
부패의 패전일 뿐

문득
바깥 창이 열린다
서울이 떠들썩한다
유월이 한달 건너뛰어 달겨든다

死守하라 어서 決議하라
나라에 天地共存하여 봄
봄은 모든 新生의 根源
마른 가지에 새싹이 튼다

사랑과 그리움에 먼저 빛을 주어

피는 꽃

푸른 산에 흐르는 회상의 음악

나비들이 난다

떠나지 말아요 보따리를 풉시다

집도 없고 사랑도 없고

친구도 없고 희망도 없고

정다운 것들이 다 물러서요

서로 맺었던 가는 실오리마저

산산히 끊어져

남은 하루가 타서 죽어요

〈1975년 5월 18일·週刊朝鮮〉

希　　望

잔잔한 물결
내가 태어난 바닷가에서
나는 우연히 희망을 만나
어둠에 앞서가는 한 줄기
밝은 길을 따라 나섰다

깊은 물은 배를 타고
높은 산은 차를 타고
물은 건너고
굴은 뚫고 나가니

새 하늘 열리며
마음에 바람이 일었다
나무잎 풀잎
조용히 고개를 들었다

하늘에도 땅에도 어둠이 없었다

나는 피로하고 고독했다
별에 발돋움할 뿐이었다

到達이 아니라 희망은
未達이지만
마지막까지
인생의 다함 없는 노자다

<1975년 7월·新東亞>

내　배는……

잘 되리라 잘 살리라 복 되리라
인경이 잉잉 울 제 묵은 닭이 꼬꼬 울 때
나는 노래 부른 일천구백육십사년의 첫날

매화꽃 장단에 하늘이 훤하더니
해는 둥둥 떠서 홍옥——첫사랑
홍역같이 이글이글 구미는
돌고 돌아도 떡은 천신도 못하고
믿음이 망령이라 너덜너덜 거덜이 나서
가는 길 사랑이라 사랑도 없이
가는 길 눈물이라 눈물도 없이

남쪽 늘어진 궁둥이에 달린 피난의 항구
밤엔 또 어떻게 해 놔서 배가 딩딩하구마
밀교한 이튿날 아침처럼 어쩐지 종구 야릇해서
새끼들 대마도가 밤에 쑥 들어왔다잖나

갈매기는 바다가 좁다고 한강에 모여 울고
신문도 틀렸지 뭐유 강아질 호랑이로 기르다가
밤에 조용히 반란을 당했다나
아예 고기는 먹이지 말고 생선만 먹이랬는데……

바람일세 바람 바람에 날리는 가루가루
밀가루 세멘가루 설탕가루 쌓인 포대
포대에 펄펄 날리는 깃발 기는 높이 날고
큰 학생은 방에서 놀기만 하는데
미나리 강회에 벌어진 장단 이어
이어 가는 세월 아침이라 정초 저녁이라 정초
연말도 새해 무슨 새해가 이렇게 오래 뜨는 건가

여보시오다 서울 댁이야 다 아시겠지
내사 슬슬 물이나 타서 술로 만들어
서방님 출세 불공이나 드리는 기오
천심높이는 천심깊이오
아는 한이오 모르는 한이오
내 배는 지하실 자꾸 딩딩하구나

〈1965년・年刊韓國詩集〉

10年戀情

—故 李敻河 교수에게

백년 생각한 것을

줄여서 10年이시던가

다시 펴고 살고파

짝사랑 십년세월

모란꽃 피는 꿈인데도

그 한마디 모질까봐 어려워

어딜 디디는지 허황하기만……

〈온 몸은 귀먹은 납덩이〉

가라는 줄도 모르고

몰래 따르다가

비탈에서 만나

고이 닦은 자리인데

세월이 쉬이 무너져

그만 묻힌 분

그대 사랑한 하늘로 가고파

두고 두고 생각하니

그 하늘도 여긴 것을……

<1965년 11월 3일·病床에서>

Ⅱ. 『反應』 및

　　『反應』以後에서

대 통 령

—트루만

집을 떠났다가
백악관에 들러
국민들에게
나라를 위한 일을
어떻게 한다는 것을 일러 주다가
임기가 되니

옛 친구들과 이야기하고 싶어
고향 가는 길이다

나는 아기를 제일 좋아한다
나는 아기들에게서 새것을 배운다

이   사

산림동에서 돈암동으로 가는 길
성북동에서 미아리로 가는 길
미아리에서 중화동으로 가는 길

첫째길에서는 아버님을
둘째길에서는 어머님을
세째길에서는 아내를

뱀이 기어간 길 같은 세 길에서
나의 人生같은 세 분을 여의고 나니
사촌이웃도 없는 서울
천지에 어울릴 데가 없어
보는 체도 않는 별을 데리고 다닌다

네째길은 어딜까
뿔뿔이 흩어진 가족들이 모일 곳인가
아니면 별의 침묵에서 나리는

나의 운명의 길일까

인생일대에 가장 완전한 시대는
어린 시절밖에는 없다
애들과 같이 놀다가 배고파
엄마한테 뛰어가
점심밥을 찬물에 말아 꽉꽉 퍼먹고
달아나가 놀던 때

빈   손

──아파트 9층에서

하늘과 살기 위해
창에 가서
커어튼을 걷으면
오월의 아침 햇살이
쏟아져 든다
나는 人間城外에 산다

밥은 혼자 먹어도
일은 혼자 못한다

하늘끝으로 보이리
꿈이 서린 곳으로 보이리
바람이 이는 곳으로 보이리
해가 지는 곳으로 보이리
달 뜨는 곳으로 보이리
사랑하는 사람에게는 내일이 보이리

낮이 순간처럼 지나가다가
못 잊어 돌아온 저녁
사랑과 그리움
더 있노라
옛 얼굴 별을 찾아
어둠속을 허우적이는
나는 빈 손

눈   물

앓는 몸 찬서리에 젖어
겨울 갑절 춥다야
봄이 늦을까 시름시름
일러도 필 꽃 없으면
나비 울어 봄인둥 만둥

소   망

비가 멎기를 기다려

바람이 자기를 기다려

해를 보는 거예요

푸른 하늘이 얼마나 넓은가는

시로써 재며 사는 거예요

밤에 뜨는 별은

바다 깊이를 아는 가슴으로 헤는 거예요

젊어서 크던 희망이 줄어서

착실하게 작은 소망이 되는 것이

고이 늙는 법이예요

죽어서

장군은 칼이 되고
제왕은 능이 되고
부자는 울타리 되고
가난은 돌이 되고 모래가 되고

나는 구름이 되어
좋은 바람 만나
천리길 가리
무덤에 타는 풀잎에 비나 되리

茶　禮

산은 집이다
만물은 갈 때 산에 숨는다

눈이 하얀 봉우리에
신령님이 내려오셔서 조상을 불러
자손의 집에 인도하신다

눈이 좋아서 애들은 산에 올랐다가
신령님께 세배한다
넘어지지 말라고
신령님은 길을 내어주신다

除夜의 一曲

촛불 어두워

말끔히 씻어 보내지 못한 세월을

인경이 잉잉 울며 받아

옷을 갈아입혀

맞는 새날

평화여

통일의 옷일지어다

하늘도 튼튼할지어다

얼굴은 가고 늙음이나마

이름이 만나는 자리

아버님과 같이 부르시면

나도 가오리다

──1972년 12월 31일

금 강 산

——1973년 「中央日報」 신년호에

금강에 가거든

神溪寺에서 합장하고 들게

첫봉우리부터 잘 보일걸세

볼수록 기묘한 바위와 돌

그런 봉우리 일만이천봉

많기도 하지만 붐비지 않고 같은 것 없어

하나하나 제각기 타고난 天性

내무재(內霧嶺)에서

서쪽은 내금강 동쪽은 외금강

내외 금강 같이 나와 해금강 되어

동해에 깎은 듯 선 벼랑 돌병풍 두르고

신방의 거품에서 선녀라도 날 것인데

거품도 잔잔치 못해선가

금강은 萬物相

한 山이 만 山…… 名山이 다 모인 세계의 冠絶

봄에는 金剛山

여름엔 蓬萊山

가을엔 楓嶽山

겨울엔 皆骨山

皆空四方 명당엔 목탁소리

골짝엔 시냇물소리

흐르다가 고이고 또 흘러

돌의 마음 明鏡에 비쳐 玉流에 흔들린다

萬瀑洞 폭포소리

여의주 풀어 쏟는 九龍淵

龍宮이 구룡연에 깊으리

오르고 또 오르다

하늘이 멀다가 가깝고

가깝다가 아득하여

멀고 가까움…… 한 이마에

斷髮嶺에 땀을 씻을 제
푸른 하늘 흰 구름 사이에
靈山蓬島가 뜬 듯
한 눈에 들고 한 손에 닿는다
不老長生 거긴데
王政俗世 귀찮다
머리깎고 중머리 王子

신선이 이 재 위에 있은 것을
不老長生 어디서 찾았던고
老松아 말해 보라

고려국에 나서
금강 한번 보고파라
아 그 고려국 어디런가

남에서도 금강
북에서도 금강
금강에 살으리랏다
금강에 살으리랏다

통일 안 되면
이 원한 하늘에 사무쳐
장군봉에 뚫린 고리에
쇠줄을 꿰어
하늘에 들어올리면
금수강산 비어 어쩔거나
多奇峰 여름 흰 구름에나 볼까

고 향

떠남이 아니라 쫓겨난 곳
타향인데도
고향꽃 곱게 피건만
마음 차고 무거워
어둠 깊어만 가네

아직도 바다에야
흰 구름이 날고

싸늘한 달이지만
산에야 그대로 뜨겠지

풍랑에 밀려난 조개껍질
모래에 나앉은 바위
말라붙은 해초
물결 그리워 향수 어쩌나

해방덕도 못 본 채

앞산 뒷산에 휘몰아친 폭풍
이별의 인사도
제대로 못한 눈짓

참고 기다려 만난 사람 다 있을까
타향산천 길마다 앞서는 고향
따라오는 갈매기야
내 난 곳 어디라 쓰고 가랴

만주에서 잡혀온 독립군
그 사람은 지금

잊었던 것이 별안간 생각나는 중에
만주에서 잡힌 독립군 그 사람이 있다

아직도 못 이룬 독립의 이미지!
그렇게 빨리 보였을까
믿으면 바로 올 줄만 알고

관동군 초소에 폭탄을 던지자
바람속에 사라지려다가 잡혀
살인강도죄를 씌워 종신형을 받은
부모처자의 면회 편지 한 장 없이
일체의 不在 속에서
피는 식고 눈은 어두운 대머리 그 사람
독립이 이렇게 되어 돌아간 지금

이 땅이 다 밝기도 전에
樂土로 고쳐 살고자
허물어진 집을 손질하고 있을까

통일의 움직임

——남북 조절 위원회에 붙여

朴(이북 대표 박 성철)
李(이남 대표 이 후락)

（1）

朴—점심 잘 드셨읍니까

李—예 잘 먹었읍니다 낮잠도

　한숨 잤읍니다

朴—우리가 서로 외국입니까

　비잔가 뭔가 사증이 뭐 필요합니까

　인위적으로 갈라놓고

　다른 체제에 사니까 그렇지

　우리가 원수진 일이 있읍니까

　반목할 이유가 어디 있읍니까

李—그렇습니다 서로가 자연스럽게 왔다갔다 하도록 합시다

（2）

옳거니 옳거니

그게 조국이지 그게 통일이지
미련했지 미련해!
총을 닦고 칼을 갈고
만나면 서로 죽일 줄로 믿은 사반세기

북위 38도선 이남
북위 38도선 이북
너비 4킬로
길이 155마일 군사분계선
훠이훠이 영결종천

(3)

호랑이도 나오고 곰도 나오고
늑대도 나오고 여우도 나오고
골짜기를 골라 살펴다니며
목이 빠지게 기다리던 사슴아

너도 맘놓고 나와 산기슭 전설의 샘터로 가라
목이 늘도록 기다리던 학
원앙새도 짝을 찾아 날아라
다람쥐야 너도 돌꼭디에 앉아 재롱을 부려라

인제야 어떻게 된 것을 다 알게 되었다
살았느냐 죽었느냐 살았거든 나오고
죽었거든 눈먼 구더기라도 나와
한많은 세상빛 다시 한번 보려마

열이 나던 27년 몸이 뜨거워
산골짜기 붉은 단풍처럼 아슬거린다
태초에 하나님의 뜻이 기약된 것이지만

사람의 뜻에서 이뤄지는 통일
흰 수염을 쓰다듬으며
서서히 혼들고 일어선 산들
다시 한번 큰 기침 하시네

나　비

날아다니는 꽃
꽃이 아니면 쉬지 않는 꿈

눈송이처럼 나리는
지는 꽃잎 같은 환상의 날개

하늘과 땅이 같이 누운
포근한 자리에
먼저 핀 꽃을 따라

멀리서 훨훨
날아오는
사랑의 나비

새 얼굴

아기가 들어와
아침 하늘을
얼굴로 연다

아기는

울고나도 새얼굴
먹고나도 새얼굴
자고나도 새얼굴

하늘에서
금방 내려온
새얼굴

사   랑

장미가 피었다
누가 비는지
피었다가
다시 피는
영혼의 미소
구름이 흔들리며

나비가 날고
속에서
꿀벌이 나온다

아　　기

우리 아기 얼굴은
부처님 손바닥
무엇으로 씻는지
날마다 보아도
天眞 그대롤세

아그그 아기가 웃는다
하아얀 웃음
하늘도 같이 웃네

누가 손을 드는가
만지면 물이 되는
야들야들한 손

無限을 쥐고
만물 중에
혼자 누운 새 얼굴

작은 정원

파초 한 그루
단풍 한 그루
풀 몇 포기지만

겨울에 갔다가도
주신 것을 잃지 않고
봄에 와서
위로할 줄도 알고
사랑을 받을 줄도 안다

宇宙의 秩序

어둠이 온다
밝음에 앞서 어둠이 온다
별이 기다려 같이 온다
잠도 기다려 온다
새벽이 온다 밝음에 앞서
어둠이 간다
잠도 간다

깨끗이와 아내의 죽음

병은 약을 알고 나는데
그걸 아는 명의가 없는 시절에
아내의 병은 깊어갔다

뇌출혈 수술에 성공한 대학병원이라
찾아가니 명의가 있어
지금 수술하면 깨끗이 나아
3주일이면 퇴원한다기에
자궁을 대게 한 것인데
칼 끝에서 오줌이 샜다
〈생명엔 아무 관계 없으니
최후까지 책임진다〉

신박사님의 장담이 수상해서
목숨이여 어서 크시라 50년 긴 情으로 빌어
목숨의 하루하루를 옆에서 붙였건만
오줌을 막을 길 없었는데

그 다음엔
신장을 수술하면 깨끗이 나아
한 주일이면 퇴원한다
요독증이 생기면 큰일난다는 바람에
아무 장애없던 작은 생명 신장을
큰 생명을 위해
비뇨기과의 이박사님 칼에 맡겨 신장을 들이댔는데
오줌이 칼에 베어지지 않고
심술을 부렸는지
임종과 같다는 파킨슨 현상이 나타나서

삶과 죽음이 만나는
최후의 신음소리가
인간 생명의 深淵 속에서 들리니
죽음에 떠는 학도의 서글픈 손길
더듬더듬 산소호흡기를 뗄 때
오호 仁術不在라

그 칼에 다음 모르모트는 누굴까

병상을 깨끗이 내주고 나서려니

어디 가서 숨을 같이 쉬랴

〈오줌에 멘다〉가 〈오줌에 죽는다〉로

바뀐 세상

醫療過失은 죽어도 말할 데가 없이

名醫를 살리는 法이 그렇게 살고 있었다

손이 제일 더럽다 씻고 들어가

방 한구석을 지키며

한 집을 세워 나가던 사람

숨이 져서 아랫목에 누워

하늘 아래 첫동무라던

그 흐느낌도 모르고 가니

첫번 잘못 믿은 것이

不信을 다시 믿게 된 過失

병엔 情이 돌지만

칼의 傷害엔 毒이 남아서

병이 죽인 것이 아니라

박사님의 冠에 맡겨 살리려다가

더 빨리 죽게 한 뉘우침

보이는 데마다 비고

눈물이 고여

눈알이 썩네

　□ 노우트

　읽는 대로 알 수 있는 슬픈 사실의 줄거리가 간소하게 서술되었다. 신 박사는 처음 執刀의 실패에서 생명을 구하기 어려운 것을 알았음에도 18년만에 처음이라 했다. 17년만에 처음인 것은 살고 18년만에 처음인 것만 죽은 것일까.

　이 박사는 신 박사를 살리느라고 정성을 다했다지만 나는 신 박사를 살려 달라고 아내를 입원시킨 것이 아니었다.

　의사 한 사람 되기 위해 환자 천 명의 죽음이 필요하다는 名言이 있다. 그것으로 만 명, 10만 명을 살리기 위한 명분이 설까. 차가운 軍刀도 뜨거울 때가 있다.

　의사의 어진 執刀는 良心의 保溫에서 항상 덥고 어질어야 한다.

　사람에게 사랑과 희망을 주는 詩人이라면 天地間의 슬픔을 없애기 위해 한 마리의 귀뚜라미일망정 짓밟지 못한다. 이 詩는 잘된 詩는 아니지만 쓰지 않고는 편히 잘 수도 없고 그 恨을 풀 수도 없는 呼訴의 詩다.

鏡友會 墓地 碑銘

고향 하늘을 바라보며

못 가는 슬픔

가슴에 손을 얹은 채

먼저 숨진 사람들

고향 흙처럼 편히 쉬라

한 자리에 뫼시니

하느님 통일되거든

큰 기침으로

원혼을 깨워

같이 고향가게 하시라

비는 마음으로

이 비가 선다

——1971년 6월 24일

세   상

오래 살고 죽거나 젊어서 죽거나
흰구름 한 점 더하지 않기는 마찬가질세
다만 착하게 사는 것이 문제지……

미신이라도 진심이면 종교가 되네
천사를 기다리거든 天意에 닿도록
大門 앞이나 고이 쓸게

장미가 아니래도 꽃의 정신을 사랑하면
첫 새벽 神意 꽃잎에 머문 자국이 보이네
悲哀가 있는 곳이 聖地가 된다네

億이 아니면 측량할 수 없는 拜金
어느새 인간과 主體가 바꿔졌네
같이 살 세상으로 알고 세운 것이지만
그저 산처럼 보고 지나세

산은 자유요 바람이요 고율세
커서 좋고 깊어서 더욱 좋네

변 두 리

흙을 벗고
시멘트를 입는 近代風

호박꽃 속에서
아기가 나던 조상의 밭은
큰 거리로 나가고

변두리만 남아서
대머리처럼 외로이
등성이로 슬슬 기어오른다

바람이 왔다가도
정들 곳 없어
잡초와 놀다가
홧김에
구름을 몰고 와서

마구 깎아 낸 기슭
뻐얼건 황소 엉뎅이에

죽으라고 비를 퍼붓는데

都心을 태우는 불은
꺼지지 않고
거멓게 탄다

停　年

러쉬아워가 달린다

버스칸에서 흔들리며 밟히며

강의 준비를 하는 스승의 길

종로 4·5가를 돌고나면

동대문이 中天에 둥둥 뜬다

청량리 녹슨 京元線 失鄕 기관차

가쁜 고동 소리

마음이 설레는데도 나는 글배워 주러 간다

1953년은 판자 교실

볕이 판자 틈으로 새어들어

먼지가 쎄물쎄물

터벅머리들과 같이 책상에 앉는다

가난한 부엌같은 만원 교실

아리스토텔레스의

아테네 郊外의 리키엄이거니

詩論 評論 隨筆文學論 世界文學思想論

입안이 말라서 혓바닥이 이쪽저쪽

척척 들어붙은 17년！ 참기름을 짜서
다이어먼드 圓柱가 쑥쑥 치솟은 殿堂

봉황이 竹實을 물고 지금도 오는가싶은 어느날
대학신문 학생기자 하나가 오더니
스승에게 停年退職을 宣告
아직 8개월이나 남았다는데
아랑곳하지 않고 빨간 딱지를
붙이고 가는 執達吏
고약헌 놈……
대학은 버릇없이 학문만 하는 덴가
정년은 師弟間 눈물의 전별인데……

退職基金이라 退職稅처럼 꼬박꼬박
매달 930원씩 멘 通帳 없는 積金
줄었는지 늘었는지도 모를
퇴직금이랍시고 내 積金에
塗金해 주는 90,800원
賻儀金이나 달라듯 쑥스러움

子女들 보기가 역겨워

返上했더니 그것조차 온데 간데……

1年이 넘어서야 90,800원氏가

울고 왔다

가져온 사람도 울고 돈도 울고

나도 같이 우는데

우는 돈을 소리없이

요 밑에 넣고 갔으니

나만 혼자 부서진 冠이 되고 말았다

70年

나는 보았다
목에 테이프를 두르고

민족 중흥의
역사적 새 局面을 밝히는
너의 偉觀을 확실히 보았다

그리고 네가 부르는
가지 가지 祝歌도 들었다

借款의 노래
輸出의 노래
增産의 노래
建設의 노래
高速道의 노래
統一의 노래

그것은
우리의 運命의 모든 것을 意味했다

愛國의 强調

새로운 韓國人의 出生申告

未來像을 세운 교육헌장

조국근대화의 급속한 템포

GNP의 上昇

국민소득 增大

放心과

慘變 慘變의 連續

旅客機의 空中拉致

放送船의 拉致

건널목을 지킨 死神

섬을 휩쓴 海溢

와우아파트의 崩壞

부정 부패의 노래

도적마을의 합창 속에

서귀포 성산포 앞바다

남영호 3백여명 떼죽음

바다는 울고
땅은 꺼지는 듯

엄마야 아빠야
바다에 살자

원혼의 슬픈 소리
귓병이 되었다

그 노래와 눈물을
생각하며 돌아보며
가는 70년 !

너와 우리
그 사이에서
뒤늦게 서는 나라에
다른 演劇이 시작된 것은 아닌가

두 運命 사이에 끼어
모진 세월과 함께

하느님의 사람들이

틀에 찍힌 떡이 되었다

폭풍을 피할 곳이 없는데
사무실은 다 實利追求!
天國으로 갈 사람만이 굶는가

緊迫한 問題가 일어날 때면
우리는 限界線이 보이지 않는
비탈에 선 나무들

지는 해의 불길 속에서
타는 세포
서로 당하는 다른 고통!

우는 사람이 있고
웃는 사람이 있다
웃음과 울음이
같이 들린 70년이 간다

Ⅲ. 『성북동 비둘기』에서

저 녁 에

저렇게 많은 중에서
별 하나가 나를 내려다본다
이렇게 많은 사람 중에서
그 별 하나를 쳐다본다

밤이 깊을수록
별은 밝음 속에 사라지고
나는 어둠 속에 사라진다

이렇게 정다운
너하나 나하나는
어디서 무엇이 되어
다시 만나랴

詩　人

꽃은 피는 대로 보고
사랑은 주신 대로 부르다가
세상에 가득한 물건조차
한 아름팍 안아 보지 못해서
全身을 다 담아도
한 편에 2천원 아니면 3천원
價値와 값이 다르건만
더 손을 내밀지 못하는 天職

늙어서까지 아껴서
어릿궂은 눈물의 사랑을 노래하는
젊음에서 늙음까지 長距離의 孤獨
컬컬하면 술 한잔 더 마시고
터덜터덜 가는 사람

신이 안 나면 보는 척도 안 하다가
쌀알만한 빛이라도 영원처럼 품고

나무와 같이 서면 나무가 되고
돌과 같이 앉으면 돌이 되고
흐르는 냇물에 흘러서
자죽은 있는데
타는 노을에 가고 없다

雪　　禍

구름이 흔들려 날리는

눈 눈 눈 눈 눈
눈 눈 눈 눈 눈
눈 눈 눈 눈 눈
눈 눈 눈 눈 눈

지붕을 덮고 마당을 덮고
지붕을 덮고 산을 덮고
봉우리를 덮고
봉우리에 쌓여서
봉우리 키가 어느새 구름에 닿아
구름 위에 쌓인 눈
멎기를 기다리다 못해
나무들까지 백발이 되어
천지가 白紙 한장!

그 백지 한장이
설악산 단풍의 골짜기까지 덮어서

세계의 정상으로 가는 장정들이
벌레와 새와 짐승과 같이 묻혀서
서울이 온통 설악산이 되었다

봄에 눈이 절로 녹으니
벌레는 기고
새는 날고
짐승은 뛰는데

그 중에서
천국 이야기를 아는 사람만이
꽃이 피고 지는데도
걷지 못하고 누웠는데
사람들이 천국 가신 님들에게
비를 세우고 슬퍼하니
창피해서 못 돌아온다고 어떤 벌레가 와서 나에게 연락을 했다

死者로부터의 艶書

벌써 오시나 하니
섭섭해서 몰래 황천강변까지
마중을 나가면서
어떻게 마음이 울렁거리는지
견딜 수가 없었는데
마침 모습이 뵈지 않더군요

거기 이 산과 같이 있을 땐
녹음처럼 우거지는 憂愁를
떨어버리고 꽃처럼 피고 싶어
병이 저절로 깊어져서
벌써 요기 온 지도 까마득해요

여긴 세월도 없구 계산이란 것도 없어요
서울서는 교통사고로 오시는 분은 많지만
제가 알 만한 분은 별로 없어서
고국 소식을 몰라 궁금증인데
지금도 황금만이 행복하신가요

여기 뿌연 안개가 자욱이 끼고 있는
과거도 없고 현재도 없는 곳에서 저는
다시 한번 과거만이 되고 싶지만
저를 찾아 주는 현실은 없어요

바야흐로 봄입니다 꽃나무 뿌리들이
우지끈 우지끈 움직이나봐요
사랑이 썩은 구데기들이 우글거려서
못견딜 지경입니다
좀 털어주실 순 없으실까요

그리고 저를 이끌어
산허리에 누우런 보리밭이 보이던
다대포의 그 장엄한 저녁 물결과
시원한 바다 바람에
다시 한번 맞세워 주실 순 없겠어요
여기는 이렇게 고국을 회상하는 법도 없구
봄 바람이 부는 일도 없어요

금 붕 어

홍역에 걸린 듯

몸이 쑤시다가

배 불룩이 된 금붕어는

비단옷을 입었으나

돌아갈 고향이 없어

긴 강 큰 물에서

변변히 한번 놀 수도 없는 出世

水深이 그리워서

어항 풀 사이를 헤치며

제법 뽐내고 가지만

금방 바닥이 나서

멀지 않은 壯途

낯선 돌이지만 바위처럼 믿고

입술을 대고 엎디어 쉬며

하품하다가도

水面을 보고

해를 따라 올라가
하느님께 매달려 죽는다

하느님의 은혜 없음 아니라
인간과 親交 두터우니
水深이 얕아지며
금붕어들은 쉬이 숨진다

距　　離

나는 여기 벽이다
너는 거기 꽃이다
너와의 사이에
얼음 고개가 생겼다

아지랭이 꿈꾸면
고개는 사라진다

기다리면 먼 봄
꽃이 그리워
꽃집에 갔더니
꽃이 따라와서 상 위에 앉았다
봄도 같이 따라왔다

거리란 없는 것이다
있다 해도 봄이면 풀려서 없어진다
가거나 오거나
거리는 기다림이다

行　人

잡자기 가시니
사방이 어두워서
동서남북이 다 없어졌네

저 어진 산 나직한 봉우리를
어머님 계신 지붕으로 알고
먼 절을 하며 가다 보니
그 아닌 길을 혼자 가고 있었네

어머님 앞에 아물거리던
고향의 낡은 뒤안길
창구미 상송 흰 벌!

남북이 통하면 먼저
뫼시고 가오리 가오리 하던
그 길이 다시 열릴 때

아들따라 살려고 넘어오신
어머님을 산에 혼자 두고

천지간에 산을 보며

눈물이 나서
어찌 혼자 가오랴

友　情

——산과 구름과 돌과 샘

구름은 봉우리에 둥둥 떠서
나무와 새와 벌레와 짐승들에게
비바람을 일러주고는
딴 봉우리에 갔다가도 다시 온다

샘은 돌 밑에서 솟아서
돌을 씻으며
졸졸 흐르다가도
돌 밑으로 도로 들어갔다가
다시 솟아서 졸졸 흐른다

이 이상의 말이 없고
이 이상의 사이도 없다
만물은 모두 이런 정에서 산다

五 十 年

나는 荒野와 더불어 살았다
사랑도 없고 꿀도 아닌 세월
흙에 묻히는 정을
파헤칠 수가 없었다
이 혈압 높은 세대를 사는데
흙의 無知 그대로가
내게는 좋았다

한번은 절에서 가져온 달력에 그린
관세음보살 보字를 짚더니
이게 바줄에 보字지! 해서
관음보살도 웃고
나도 빙긋이 웃었다

또 한번은 옆집에서 부부싸움이 터져
부인 목청이 좀 높았다
그저 참을인字가 제일이지! 하는 바람에
깜짝 놀랬다

글자란 하나도 모르는 흙인 줄만 알았는데
예전에 부인강습소에 몇번 갔다 하며
얼굴이 빨개졌다

글자들이 이렇게 들끓는 세상에서
꼭 신념의 두 글자만으로
대학 졸업한 아들 딸 속에서
얼마나 모르는 줄도 모르고
애들이 혹시 구중을 하면 눌러듣고
대견스럽게 살아간다
나는 머리를 끓으며
쓸데없이 너무 많은 글자를 아는 것이 아닌가

꼭 사랑한 것도 미워한 것도 아닌
미지근한 남편만 믿고
그런대로 그는 一家를 이루었는데

이제 금혼의 날을 맞이하매

꿈많던 청춘은 간 데 없고
다만 *忍從*의 *德*으로
어진 인간만이 남았다

山

이상하게도 내가 사는 데서는

새벽녘이면 산들이

학처럼 날개를 쭉 펴고 날아와서는

종일토록 먹도 않고 말도 않고 엎뎄다가는

해질 무렵이면 기러기처럼 날아서

틀만 남겨 놓고 먼 산속으로 간다

산은 날아도 새둥이나 꽃잎 하나 다치지 않고

짐승들의 굴 속에서도

흙 한줌 돌 한개 들성거리지 않는다

새나 벌레나 짐승들이 놀랄까봐

지구처럼 不動의 姿勢로 떠간다

그럴 때면 새나 짐승들은

기분 좋게 엎데서

사람처럼 날아가는 꿈을 꾼다

산이 날 것을 미리 알고 사람들이 달아나면

언제나 사람보다 앞서 가다가도

고달프면 쉬란 듯이 정답게 서서
사람이 오기를 기다려 같이 간다

산은 양지바른 쪽에 사람을 묻고
높은 꼭대기에 神을 뫼신다

산은 사람들과 친하고 싶어서
기슭을 끌고 마을에 들어오다가도
사람 사는 꼴이 어수선하면
달팽이처럼 대가리를 들고 슬슬 기어서
도로 험한 봉우리로 올라간다

산은 나무를 기르는 법으로
벼랑에 오르지 못하는 법으로
사람을 다스린다

산은 울적하면 솟아서 봉우리가 되고
물소리를 듣고 싶으면 내려와 깊은 溪谷이 된다
산은 한번 신경질을 되게 내야만

高山도 되고 名山도 된다

산은 언제나 기슭에 봄이 먼저 오지만
조금만 올라가면 여름이 머물고 있어서
한 기슭인데 두 계절을
사이좋게 지니고 산다

新年 1968年

　　　　—— 겨레여 잘 살지어다!

세계의 아침에 민족의 새해가

구름을 헤치고 사루며 솟아오른다

나무 뿌리도 내다보고

새도 엿보며

짐승들도 새날의 앞을 멀리 보며

산에 오른다

태양의 기둥이 바다에 서서

반짝이는 푸른 물결 위에

구름의 노래가 나린다

먼 산 높은 봉우리에서 세계의 산을 향하여

까치가 울어 神秘 열리고 距離 풀리며

밖에 나간 형제들 웃고 돌아와

새해의 문을 여니 노래가 터지며

강도 부풀어 둥둥 떠서

온 겨레들

白雪과 친하던 祖上의 正月로 간다!

이 아름다운 땅에
처음 씨앗을 주셔서 뿌리고
고된 날을 참고 견디어
길이 여기 살게 하신
첫 뜻에 獻身하여
겨레여 잘 살지어다

겨 을 날

마당에서 봄과 여름에 정든 얼굴들이
하나 하나 사라져갔다
그렇게 명성이 높던 오동잎도 다 떨어지고
저무는 가을 하늘에 人家의 정서를 품던
굴뚝 보얀 연기도
찬 바람에 그만 무색해졌다

그런 늦가을에 김장걱정을 하면서 집을 팔게 되어
다가오는 겨울이 더 외롭고 무서웠다
이삿짐을 따라 비탈길을 총총히 걸어
두만강 건너는 이삿군처럼 회색 하늘 속으로
들어가 식솔들이 저녁상에 둘러앉으니
어머님 한분만 오시잖아서 별안간 앞니가
무너진 듯 허전해서 눈둘 곳이 없었다
낯선 사람들이 축대에 검정 포장을 치고
초롱을 달고 가던 이튿날 목없는 아침이
달겨들어 영원한 이별인데

말 한 마디 못하고 갈라진 어머니시다!

가신 뒤에 보니 세월 속에 묻혀 있은 형제들 공동의 **부엌까지**
무너져 낙엽들이 모일 데가 없어졌다
사람이 사는 것이 남의 피부를 안고 지내는 것이니
찬바람이 항상 인간과 더불어 있어서
사람이 과일 하나만큼 익기도 어려워
겨울 바람에 휘몰리는 낙엽들이 더 많아진다

고난의 잔에 얼음을 녹이며 찾는 것은
그 슬픔이 아니요 겨울 하늘에 푸른 빛을 띤 봄이다
그 봄을 바라고 겨울 안에서 뱅뱅 돌며
자리를 끌고 한치 한치 태양의 둘레를
지구와 같이 굴러가면서
눈과 얼음에 덮인 大地의 하루를 넘어서는 해질 무렵
천장에서 왕거미가 나리고
구석에서 귀또리가 어정어정 기어나온다
어느날 목없는 아침이 또 왈칵 달려들면

이런 친구들에게 눈짓 한번 못 하고
친구들의 손 한번 바로 잡지도 못하고 가리라

서울 크리스마스

무엇인가 다가오고 있다

고요가 흔들리며
바람이 불어
風潮가 인다

먹구름이 초생달빛에 찢기며
한조각 푸른 하늘이
면류관을 쓴
예수의 얼굴로 번진다

서울길
人波에 밀려
예수는 전신주 꼭대기에 섰고
성탄의 환락에 취한 무리들
붐비고 안고 돈다
번화가의 전등은 장사치들의
속임과 탐욕이 내놓이지 않도록
경축의 광선을

조심스레 상품 거죽에 던진다

모든 나무들은 벌거벗었는데
성탄수만은 솜으로
눈오는 밤을 가장했다

예수는 군중 속에서 발등을 밟히다 못해
그만 어둠을 남겨두고
새벽 창조의 시간을 향해
서울을 떠났다
가로수들만이 예수를 따라갔다

어디선가 맨발로 뛰라는 소리가 났다
그날 밤 서울서는
한 放火犯이 탈주했다
성탄야의 종소리가 잉잉 울었다

서울은
테두리만 퍼져나가는
속이 텅 빈 종소리였다

산 등성이에서 빈대처럼 기는
오막살이 지붕들만이 모여서
이마를 맞대고 예배를 올렸다
이튿날 아침 서울거리에는
예수의 헌 짚세기
한 켤레가 굴러다니는 것을
맨발로 가던 거지가 끄을고
세계의 새 아침으로 갔다

가   을

여름 하늘이 밀리면서 훤해지는
가을 높은 하늘에서
흰 빛깔이 내리니
젊음과 꿈의 푸른 빛이
멀리 건너편으로 날린다
천지 허전하여
귀뚜라미 마루 밑으로 기어들고
가뭄에 시달린 가마귀들 빈 밭에 모여서 운다

서풍 찬 바람에 나무 잎새들이 힘없이 진다
장미 꽃잎이 우시시 지는 소리에 가슴이 울린다
피는 꽃보다 지는 꽃을 따라가는 것이 더 많다
갈대와 같이 조용히 생각하는 철
돌도 생각에 잠든 빛
산이 익어서
산마다 단풍이 들며 빨갛게 타서
풀지 못한 염원의 祭石 위에

피를 흘리며 딩군다

기러기가 갈갈 울며 고향하늘을 향해 간다
따라 못 가는 서러움
꽃보다 짙은 단풍의 강토
싸늘한 바람과 가냘핀 햇빛에
뉘우치며 혼자 생각는 가을
잊어버린 노래가
구름에 흘러가는
병든 향수의 길

서러운 세월이 가고서도 서러운 세월이 겹쳐서
인간 천년의 꿈이
한 마리 산새만도 못하다!

성북동 비둘기

성북동 산에 번지가 새로 생기면서

본래 살던 성북동 비둘기만이 번지가 없어졌다

새벽부터 돌깨는 산울림에 떨다가

가슴에 금이 갔다

그래도 성북동 비둘기는

하느님의 광장 같은 새파란 아침하늘에

성북동 주민에게 축복의 메시지나 전하듯

성북동 하늘을 한바퀴 휘 돈다

성북동 메마른 골짜기에는

조용히 앉아 콩알 하나 찍어먹을

널찍한 마당은커녕 가는 데마다

채석장 포성이 메아리쳐서

피난하듯 지붕에 올라앉아

아침 구공탄 굴뚝 연기에서 향수를 느끼다가

산1번지 채석장에 도루 가서

금방 따낸 돌 溫氣에 입을 닦는다

예전에는 사람을 聖者처럼 보고
사람 가까이
사람과 같이 사랑하고
사람과 같이 평화를 즐기던
사랑과 평화의 새 비둘기는
이제 산도 잃고 사람도 잃고
사랑과 평화의 사상까지
낳지 못하는 쫓기는 새가 되었다

심부름 가는……

형제같이 다른 사람들이 골목골목에서 나온다

제각기 오늘을 여의는 서글픈 同行의 눈초리

그런 건 누구도 어떻게 기념하려는 것이 아니지만

하늘마저 외로워 가슴을 못 풀어

휘파람 불며 그렇게들 가는 길이다

저 山의 세계에는 누구들이 잠자고 있다

풀빛은 고운데 〈祖上〉이라는 遺産은 어떻길래

한칼에 맞은 여러 가지 아픔에 허청거린다

본래의 이름은 運命이 아닌데

그런 題目에 쫓기다가

불쑥 내민 벼랑같이 虛空에 부딪친다

抒情이 純眞한 萬物을 들추어

노래를 찾는다

꽃이다 새다 이슬에 자는 짐승들이

눈물 흘리며

強者의 碑文에서 時間이 때를 씻는데

웬 엿장수의 가위질 소리냐 모이는 아이들
서울이란 델 언제 이렇게 나도 왔나부다

옆을 서로 스치면서
인사 한마디 없이 가는
고향과 고향 사이의 고독한 섶길에서
오늘보다 나은 것을 찾는 한 벌의 허전한 옷
누구도 건드리지 못한 至高한 하늘의 傳統 밑에서
나는 어데로 심부름 가는 무슨 物體일까

生의 感覺

黎明의 종이 울린다
새벽별이 반짝이고 사람들이 같이 산다
닭이 운다 개가 짖는다
오는 사람이 있고 가는 사람이 있다

오는 사람이 내게로 오고
가는 사람이 내게서 간다

아픔에 하늘이 무너졌다
깨진 하늘이 아물 때에도
가슴에 뼈가 서지 못해서
푸른 빛은 장마에
넘쳐 흐르는 흐린 강물 위에 떠서 황야에 갔다

나는 무너지는 뚝에 혼자 섰다
가슴에는 채송화가 무데기로 피어서
生의 感覺을 흔들어 주었다

황혼이 울고 있다

白桃 하얀 꽃송이들이 白玉같이
눈부시게 조롱조롱 피더니
얼굴을 맞대고 서로 비쳐서

한 송이가 百 송이의 웃음을 웃고 갔다
그것은 덧없는 인생의 가지가지
슬픔에 대한 한 토막 이야기다

저녁 등불 아래 혼자 앉아서
어느 마지막 잔 같은 차를 마신다

나는 무심히 내 주변을 살펴본다
나의 청춘의 모든 것도 다 그렇게 작별되었다
지금 다시 눈에 보이고 생각나는 것은 모두
그 作別의 짤막한 遺書들이다
그러니 황혼이 울고 있다

봄

얼음을 등에 지고 가는 듯
봄은 멀다
먼저 든 햇빛에
개나리 보실보실 피어서
처음 노란 빛에 정이 들었다

차츰 지붕이 겨울 짐을 부릴 때도 되고
집 사이에 쌓은 울타리를 헐 때도 된다
사람들이 그 이야기를
가장 먼 데서부터 시작할 때도 온다

그래서 봄은 사랑의 계절
모든 距離가 풀리면서
멀리 간 것이 다 돌아온다
서운하게 갈라진 것까지도 돌아온다
모든 처음이 그 근원에서 돌아선다

나무는 나무로

꽃은 꽃으로

버들강아지는 버들강아지로

사람은 사람에게로

산은 산으로

죽은 것과 산 것이 서로 돌아서서

그 근원에서 相見禮를 이룬다

꽃은 짧은 가을 해에

어디쯤 갔다가

노루꼬리만큼

길어지는 봄해를 따라

몇 천리나 와서

오늘의 어느 주변에서

찬란한 꽃밭을 이루는가

다락에서 묵은 빨래뭉치도 풀려서

봄빛을 따라나와

산골짜기에서 겨울 산 뼈를 씻으며
졸졸 흐르는 시냇가로 간다

Ⅳ. 『해바라기』

『마음』 및

『憧憬』에서

車를　타고

—根源에의　思念

車는 달린다 푸른 山脈을 따라 車는 간다

서는 곳마다 제 마을이요 가는 곳마다 내 故鄕이라

아침 하늘에 빛나고 저녁 노을에 물든다

山너머 첩첩한 光陰 사이에 創世의 鄕愁가 흐르고

江 건너 벌판에 자라는 未來의 꿈을 자랑삼는 곳

돌아서 千里길 하루의 거울에 비치다

蒼空에　빛나는 芳草 우거진

千萬年 情든 흙에 뿌리박고 이어선

나무들 變容하여 하늘 아래 한 집을 이루니

白雲과 함께 疆土 부풀어 鼓動하고

南北 山川과 景槪가 한 자리에 모이어

展開된 마음 위에 不滅의 나라가 선다

오 車야 달려라 山脈이 뻗힌 대로 가라

서는 곳마다 네 마을이요 가는 곳마다 내 故鄕이라

아침 하늘에 빛나고 저녁 노을에 길이 물들라

———1953년 9월 6일

夕陽 鍾路 〈1952年〉

예자도 넘고 열두자도 더 되는
내 그림자 길다랗게 앞을 서서
수양버들 감기는 바람에 안겨
사라진 時間 위에 헐벗고 간다

마음으로 닷치고 손길로 만져 보아도
살인 양 숨결인 양 허수아빈 듯
日月을 더듬어 홀로 허우적이니
古都 五百年 나와 하룻저녁 멈추다

아 예가 서울이뇨 새서울 터전인가
무너지고 쓰러진 말없는 길가에
빗긴 愁心 西山 빛에 千萬 아니련만
옛 모습 높은 靑山과 함께 살다

오는 듯 가는 듯 가슴 아픈 사람들
어둠 가고 남아서 슬픔과 그리움

萬古의 追憶에 다시 피가 서리니
歲月 주고 잊음 얻어 사는 길인가

서울에 둔 무덤을 찾아

이 黃土 속에 누워
彈丸의 傷處에
念珠를 굴리는 그가
나의 아버님이시다

時間이 끝없이 흘러
흙에 말라붙을 願念
어느 봄 바람이여 만나서
이름 없는 꽃이나마 되어 피라

머지않아 딴 자리에 누워도
서로 이을 한 언덕이거늘
門을 닫으신 앞에 서니

山이 모두 무덤이오
흙이 모두 살결이라
눈물에 젖는 하늘이외다

——1951년 10월 10일

山바람처럼

목마른 아스팔트를 옆으로 빠져서
나는 季節이 풀리는 山으로 간다

안으로 해와 흙과 푸른 것이 열리며
뫼들은 높은 緣分을 이어 내려온다

나를 맞아 黃土는 가슴을 내밀며
여러번 묻고 또 기다리고 있다

새야 노래는 어디서 돌아오느냐
山기슭에 남아서 햇빛은 엷은데

오 나를 만나지 못하고 가는 사람아
아직도 아스팔트는 계속되는가

문득 그대 부푼 가슴을 잡고
나는 山바람처럼 動搖된다

지나가는 꿈

길이 마음 속에 살고 있는 것을
두고 갈 앞날을 바라보니
窓에서 소리인 듯 바람이 지나간다
나는 외로운 光線에 끌려가누나

너의 집에서 나의 옆에 앉은 사람아
또 하나 누가 너의 목에 달렸음을 보고
나는 너의 가슴에서 시름없이 풀어졌다
너의 壁에 못박힌 〈사랑의 罰〉이여

나중에 나는 너의 앞에 누운 돌이었다
필경 너와 나와 함께 생각할 것은
우리를 비치고 안아 준 해와 흙이리라
하늘이여 슬프게 왔다 간 자를 웃지 말라

——1956년 1월 28일

孤　魂
―故　盧天命　詩人에게

콧구멍을 막고
　屛風 뒤에
하얀 石膏처럼 누웠다

외롭다 울던 소리
　다 버리고
　기슭을 여의는
배를 탔음인가

때의 집에 살다가
　〈구정물〉을 吐하고
먼저 가는 사람아

길손들이 모여
　고인 눈물을
　마음에 담아
찬 가슴을 덥히라

아 그대 窓에 해가 떴다
　새벽에 감은 눈이니
다시 한번 보고 가렴

　누군지 몰라도 自然아
　　고이 받아 섬기고
　　神의 밝음을 얻어
永生을 보게 하라

젊은 詩人의 죽음
─봄과의 첫날밤

고요히 말없이 봄비를 받아

첫날밤의 눈물로 삼는가

흙은 풀린 자리에 胎夢을 안고

永生의 푸른 잔디를 마련하며

멀리 山과 뫼를 부르고 傳하여

돌아온 肉身者의 靈魂을 재운다

보라 이 사람을…… 잠시 동안 그가

地上에 머물렀던 자취를

빛을 보면서 눈을 감고

허물어진 壁에 기대이던 곳을……

이제 그는 가난한 糧食의 配定을 끊고

한 벌 옷조차 벗고 갔다

이로써 죽음은 끝나고 生 以前이 實現되나니

아침 저녁 품은 꿈은 젖은 흙에 돌아가 묻히다

──故 朴寅煥을 묻고 돌아온 밤

사 랑

이리로 오라 나의 사랑하는 사람아
저 달이 유난히 빛나면서
고인 듯이 흐르는 푸른 江 위에
자욱한 빛이 꿈처럼 풀려 오른다

물 속에 고기와 산 속에 새와 언덕조차
취한 밤이니 너와 나를 새겨 놓고
말없이 저 달을 보낸 뒤에
문을 열고 너는 내 가슴에 불을 켜라

이제로부터 나는 너를 붙잡고 가리니
自然에 遍滿한 사랑과 함께
너와 나 사이에 다시 뜨는 달을 보며
우리는 이루어 새것을 열리라

아 드디어 돌아갈 날 함께 누우려나
팔을 베개로 아지 못할 表象이 시작되리니

그립다 서울 복판에 걸린 한 조각 하늘을

이름 새기고 갈 낯익은 종이로 삼을까

----1956년 5월 20일

해 바라기

바람결보다 더 부드러운 은빛 날리는
가을 하늘 현란한 光彩가 흘러
양양한 大氣에 바다의 무늬가 인다

한 마음에 담을 수 없는 天地의 感動 속에
찬연히 피어난 白日의 幻想을 따라
달음치는 하루의 奔放한 情念에 獻身된 모습

生의 根源을 향한 아폴로의 호탕한 눈동자같이
黃色 꽃잎 금빛 가루로 겹겹이 단장한
아 意慾의 씨 圓光에 묻히듯 香氣에 익어가니

한 줄기로 志向한 높다란 꼭대기의 歡喜에서
순간마다 이룩하는 太陽의 祝福을 받는 者
늠름한 잎사귀들 驚異를 담아들고 찬양한다

이 어두운 時間을

神이여 이 어두운 時間의 끝을
당신의 푸른 하늘에 달아 주시지

나는 이 쓸쓸한 땅에서
꽃과 香氣의 根源을 찾으리다

봄바람에 새로운 흙의 집에서
나는 新生과 만나 솟아오르는 것입니다

슬픔이 흘러서 모이는 노래처럼
빛을 감고 가슴을 펴려는 것입니다

멀리 아지랭이 물든 언덕에서
秘密들이 華燭을 이루나봅니다

겨 울 밤
―斷電의 어둠

어느 〈原因〉에서 오는

이 처량한 〈結果〉들이뇨

마른 가지에 봄을 기다리는

적은 感情들

이 한 둥이에 모여서

헐벗은 새같이 지저귀니

저 하늘이 푸르건

저 구름이 어둡건

저 별들이 반짝이건

傷한 많은 이 땅에서

자라는 적은 生命들

꺼진 燈불 아래

꿈은 옛날 고운 옷

그대로 입고 있건만

이 눈물겨운 촛대 위에

불을 켜줄 사람은 누구뇨

나의 사랑하는 나라

地上에 내가 사는 한 마을이 있으니
이는 내가 사랑하는 한 나라이러라

世界에 無數한 나라가 큰 별처럼 빛날지라도
내가 살고 내가 사랑하는 나라는 오직 하나뿐

半萬年의 歷史가 혹은 바다가 되고 혹은 시내가 되어
모진 바위에 부딪쳐 地下로 숨어들지라도

이는 나의 가슴에서 피가 되고 脈이 되는 生命일지니
나는 어데로 가나 이 끊임없는 生命에서 榮光을 찾아

南北으로 兩斷되고 思想으로 分裂된 나라일망정
나는 종처럼 이 무거운 나라를 끌고 神聖한 곳으로 가리니

오래 닫혀진 沈默의 門이 열리는 날
苦悶을 象徵하는 한떨기 꽃은 燦然히 피리라
이는 또한 내가 사랑하는 나라 내가 사랑하는 나라의 꿈이어니

罰

나는 二千二百二十四番
罪人의 옷을 걸치고
가슴에 패를 차고
이름 높은 西大門刑務所
第三棟 六十二號室
北便 獨房에 홀로 앉아
〈네가 광섭이냐〉고
혼자말로 물어 보았다

三年하고도 八個月
一千三百餘日
그 어느 하루도 빠짐없이
나는 時間을 헤이고 손꼽으면서
똥통과 세수대야와 걸레
젓가락과 양재기로 더불어
추기나는 어두운 房
널판 위에서 살아왔다

여름이 길고 날이 무더우면
나는 바다를 부르고 山을 그리며
파김치같이 추근한 마음
지치고 鬱憤한 한숨에
불을 지르고 나도 타고 싶었다

겨울 긴긴 밤 추위에 몰려
등이 시리고 허리가 꼬부라지면
나는 슬픔보다도 주림보다도
뒷머리칼이 하나씩 하나씩
서리같이 세어짐을 느꼈다

나는 지금 광섭이로 살고 있으나
나는 지금 잃은 것도 모르고
나는 지금 얻은 것도 모르고 살 뿐이다

그러나 푸른 하늘 아래로 거닐다가도

아지 못할 어둠이 문득 달려들어
내게는 이보다도 더 암담한 일은 없다

그리하여 어느덧 눈시울이 추근해지며
어데서 오는 눈물인지는 몰라도
나의 눈물은 이제 드디어
사랑보다도 運命에 속하게 되었다
人權이 蹂躪되고 自由가 處罰된
이 어둠의 報償으로
日本아 너는 물러갔느냐
나는 너의 나라를 주어도 싫다

獄　愁

하늘이 비뚤었다
흰구름 흘러서
벼랑이로 떨어진다

아 저건 아마
눈물의 바다로 가는
꿈의 行狀들인가

離別의 노래
―西大門刑務所行

나는야 간다

나의 사랑하는

나라를 잃어버리고

깊은 산 묏골 속에

숨어서 우는

작은 새와도 같이

나는야 간다

푸른 하늘을

눈물로 적시며

아지 못하는

어둠 속으로

나는야 간다

――1941년 5월 31일

友　愛
　　——宵泉兄에게

우리들은 낯선 나라 뜰에서 만난 비둘기같이

외로운 情으로 만나고 기다리며 자랐으니

그렇기에 어깨를 맞추고 어데로 갈지라도

말이 없고 웃음이 없어도 조금도 서글프지 않았다

어데라도 들어가면 낯설고 수줍지 않아

술잔을 들 때나 밥상을 마주앉을 때라도

우리들은 지나온 길에서 포근한 鄕愁를 느끼며

멀리 바람에 불리는 별빛 같은 생각에 잠겼다

그렇기에 우리들은 무엇이나 서로 헤아릴 수 있었고

사랑하는 사람에게라도 함께 갈 수 있었고

울지 않아도 서로의 눈물을 볼 수 있었으니

우리들은 하나를 完成하는 둘같이 살아왔다

그러므로 낯선 곳 뭇사람 사이에 끼일지라도

또한 슬프거나 즐거우나 서로의 이름을 불렀으니

실로 우리들은 어머니를 떠난 외로운 나그네
서로의 길가는 마음 서로 만져주었다

世上은 차디차고 人生은 애처로울지라도
우리 사이에 얽힌 마음 水晶같이 낡질 않고
푸른 바다 밑 珊瑚같이 變칠 않았으니
우리들은 不幸에 울고 永遠性에 愛情을 붙였다

그러나 보라 우리들은 世紀의 어두운 燈불 아래서
고달프고 초조하고 不安한 잠을 이루며
아침 어지러운 꿈자취를 헤치고 나아가는 者
언제까지나 여윈 손등에 눈물을 씻을 것인가

우리들은 모두 不幸을 느낄 수 있는 마음으로
저 맑은 하늘 가로 가고 싶은 날이 있었고
저 푸른 草原에서 靈魂을 쉬이고 싶은 날이 있어
나는 그대의 그늘에 눕고 그대는 나의 눈물 속에 살았다

아 외로운 世上 香氣롭지 못한 하루의 人生
이 찌푸린 現實에서 久遠한 眞理의 집을 찾아
저 부드러운 바람의 故鄕을 그리워하며
우리들은 항상 슬픔을 詩로 變容하고자 하였다

서로 괴로움으로써 더욱 생각할 수 있는 우리들
서로 슬퍼함으로써 더욱 사랑할 수 있는 우리들
서로 외로움으로써 더욱 믿을 수 있는 우리들
우리들은 實로 時間을 타고 空間에 떨어진 눈물이었다

어느날 우리들에게 人生의 마지막 끝이 와서
地下에 자리를 달리하고 찾을 길이 없을지라도
우리들은 地上에서 만난 우연한 因緣으로
地下의 體溫에 사는 友愛의 나무뿌리가 되리라

마　음

나의 마음은 고요한 물결
바람이 불어도 흔들리고
구름이 지나도 그림자 지는 곳

돌을 던지는 사람
고기를 낚는 사람
노래를 부르는 사람

이 물가 외로운 밤이면
별은 고요히 물 위에 나리고
숲은 말없이 잠드나니

행여 白鳥가 오는 날
이 물가 어지러울까
나는 밤마다 꿈을 덮노라

故　鄉

故鄉에 돌아와서
뜰에서 집을 보고
집에서 방을 살피니
하나도 보잘것없는 집
古典도 없고 現代도 없는 집

나와 동생과 누이들끼리 얘기를 하면
아버지와 어머님은
아무 말씀도 없으시다
그들은 이미 늙으셨고
나는 돌아다니며 슬피 컸다

우연히 서로 눈길이 부딪치면
샘같이 솟아오르는
눈물을 지니고
나는 고요히 뜰에 나와서

홀로 山으로 간다

내가 앉았던 옛 자리가 있으니
渺茫한 바다에 수없는 길
흰 돛은 하늘 가에 사라지고
나는 꿈의 箱子를 찾아
옛 바다에 投身한다

바다의 小曲

구름 날고 섬 뜨고 하늘 푸른데

靑玉빛 깊은 바다 珊瑚堂 속에

아름다운 秘密이 숨어 있으니

하얀 조개 꿈꾸는 金모랫가에

끝없이 밀려오는 물결 우으로

나도 가고 배도 가고 바람도 간다

——1939년 9월 22일 於松濤園

自畵像 37年

薔薇를 얻었다가
薔薇를 잃은 해

저기서 砲聲이 나고
여기서 방울이 돈다

힘도 아니요 絶望도 아닌 것이
나의 하늘을 덮던 날

나는 하품하는
추근한 珊瑚였다

아침에 나간 靑春이
저녁에 靑春을 잃고 돌아올 줄은 믿지 못한 일이었다

醫師는 칼슘을 권했고
동무는 술을 따랐다

드디어 憂愁를 노래하여
溺死 이전의 感情을 얻었다

초라한 붓을 들어 흰 종이에
니힐의 꽃을 담뿍 그렸다

범

가랑잎 하나에 꼬랑이만 싸면 온몸을 감추고
머리를 들어 기지개만 쳐도 나래를 감춘 듯
휘파람 치며 大地를 뛰려는 그대

어느날 曲藝師의 한 點 고기에 속아
世界를 잃고 意志를 굽혀 마음으로 怒했으니
뒤에 深山이 있어 앞의 창살을 휘어잡았다

죽어서 가죽을 남기기보다 죽는 날 勇氣를 다하여
발톱 끝에 총알만 맞아도 憤死의 氣槪를!
自然은 마음이 있어 고양이를 빚어 만들던 날 또한 그대를 創造
하였다

길

달이 떠서 바위 위에 소스라쳐 깨치니
솔잎에 밤바람이 싸늘하여

나는 갈 길 없는 나의 길 위에
고달픈 그림자를 앞세우다

까   치

한 송이 꽃에 얘기가 머물고 눈 날리는 아침
머언 숲 속에 깃들인 까치 한 마리 불렀으니
까치야 까치야 나의 손님을 모셔다 주렴
멀리 그립던 얘기 한 마디 더 하고 싶다

白　紙

羊은 흰 종이에 입술을 댄다
어느날 흰 종이에 詩를 쓰려다가
우연히 흰 종이에 입술을 댄 나는
나도 흰 종이에 입술로 詩를 쓰고 싶었다

비 개인 여름 아침

비가 개인 날

맑은 하늘이 못 속에 내려와서

여름 아침을 이루었으니

綠陰이 종이가 되어

금붕어가 詩를 쓴다

空 寞

悲哀의 言語를 쫓아내고
信念의 中世를 쫓아내고
時代의 苦悶을 쫓아낸 뒤

나의 體重이 輕氣球가 되어 난다
나의 未來가 輕快하게 上昇한다
그 다음엔 冠毛같이 나는 하늘 지경에 가서 운다

個　　性

貧賤한 묏골에서

하나의 돌멩이로 태어나서

커다란 바위가 되지 못할지라도

또한

하나의 시내로서 흘러서

넓은 바다에 이르지 못할지라도

그대는 無限에 飛翔하는 瞬間을 가지라

憧　憬

온갖 詞華들이
無言한 孤兒가 되어
꿈이 되고 슬픔이 되다

무엇이 나를 불러서
바람에 따라가는 길
별조차 멀어진 밤

무거운 꿈 같은 어둠 속에
하나의 뚜렷한 形象이
나의 萬象에 깃들이다

秋　　想

山과 바다에서
丹楓잎을 태우는 西風이 불면

포플러는 누른 빛을 떠며
山綠은 차츰 엷어져 간다
어덴가 쓸쓸해지는
하늘 바람 나뭇잎 山이 季節의 色을 타는 어느해 가을

〈무사시노〉 어떤 집 뒷뜰 안에서는
한 少女가 나에게 떨어진 石榴를 주워 주었다

孤　　獨

내

하나의 生存者로 태어나 여기 누워 있나니

한 間 무덤 그 너머는 無限한 氣流의 波動도 있어

바다 깊은 그곳 어느 고요한 바위 아래

내

고단한 고기와도 같다

맑은 性 아름다운 꿈은 멀고

그리운 世界의 斷片은 아즐타

오랜 世紀의 知層만이 나를 이끌고 있다

神經도 없는 밤

時計야 奇異타

너마저 자려무나

□ 編輯後記

『이 全集을 내면서 나는 人生은 짧고 無常하지만 아무 일도 못할 정도로 짧은 것은 아니라는 것을 느꼈다.』

選集『겨울날』을 엮는 동안 거듭 되새겨진 것이 바로 全集 跋文에서 읽은 怡山선생 자신의 이 말이다. 그 한마디에 담긴 무한한 궁지야말로 한평생을 애쓴 끝에 드디어 일가를 이룬 이만의 것이 아니겠는가. 때문에 곧 진정한 겸손과도 일치하는 것이 아닌가.

이 책은 그러한 겸손과 궁지를 받침해 주는 怡山의 거의 반세기에 걸친 詩作을 많은 독자들이 한눈에 볼 수 있도록 한다는 기꺼운 생각에서 꾸며졌다. 작년에 나온 『金珖燮詩全集』에서 저자 스스로가 60여편을 골랐고, 거기다 편집자측에서 10여편을 보충했으며, 전집 이후의 최근작 10여편 등, 도합 86편을 수록했다. 제 1 부가 이들 최초로 묶여진 작품들이요 나머지는 2, 3, 4부로 나뉘어 전집에 실렸던 순서의 逆으로 배열된 것이다. 이만하면 怡山文學의 眞髓를 어지간히 담았고, 아울러 우리 문단에서 드물게 보는 그의 老益壯한 모습도 드러내지 않았는가 싶다.

怡山의 시 자체에 대해서는 한마디로 말하기가 유난히 힘들다. 그가 즐겨 노래하는, 그리고 그의 雅號에도 일컬어진 저 산처럼 어딘가 쉽사리 안 잡히게 넓고 깊고 또 어진 데가 있는 것이 그의 詩世界다. 자연에의 사랑이 문득 사회고발의 구짖음으로 이어지는가 하면, 정치적 흥분은 국토분단으로 상실된 고향과 불행해진 이웃에 대한 구체적인 애정으로 가라앉아서는 어느덧 인간과 생명 자체에 대한 무한한 신뢰에 回歸하기도 한다.

그리하여 때로는 서툴다는 느낌도 주는 그의 詩行에서 우리는
현대시 특유의 逆說이나 機智가 민족적 정서와 훌륭히 융합된
예를 보곤 한다. 선생의 출생 이래·줄곧 식민지시대 아니면 분
단시대를 살아온 이 겨레의 恨과 염원이 어떤 思想의 깊이에까
지 근접하고 있음을 보는 것이다.
  선생의 생전에 우리 모두의 생각이 더욱 깊어지고 넓어지고
또 당당해져서 통일된 조국을 보실 수 있기를, 선생을 위하는
후진의 충정으로나 스스로 自愛하는 마음으로나 다시 한번 빌
어볼 따름이다.

　　　　1975년 12월 16일

　　　　　　　　　　白　　　樂　　　晴

창비시선 4

겨울날

초판 1쇄 발행 / 1975년 12월 25일
초판 12쇄 발행 / 2024년 4월 25일

지은이 / 김광섭
펴낸이 / 염종선
펴낸곳 / (주)창비
등록 / 1986년 8월 5일 제85호
주소 / 10881 경기도 파주시 회동길 184
전화 / 031-955-3333
팩시밀리 / 영업 031-955-3399 편집 031-955-3400
홈페이지 / www.changbi.com
전자우편 / lit@changbi.com

ⓒ 김광섭 1975
ISBN 978-89-364-2004-8 03810